섯!

시작시인선 0265 섯!

1판 1쇄 펴낸날 2018년 7월 2일
1판 5쇄 펴낸날 2022년 3월 10일
지은이 오봉옥
펴낸이 이재무
기획위원 김춘식, 유성호, 이형권, 임지연, 홍용희
책임편집 박은정
편집디자인 민성돈, 장덕진
펴낸곳 (주)천년의시작
등록번호 제301-2012-033호
등록일자 2006년 1월 10일
주소 (03132) 서울시 종로구 삼일대로32길 36 운현신화타워 502호
전화 02-723-8668
팩스 02-723-8630
홈페이지 www.poempoem.com
이메일 poemsijak@hanmail.net

ⓒ오봉옥, 2018, printed in Seoul, Korea

ISBN 978-89-6021-378-4 04810
      978-89-6021-069-1 04810(세트)

값 9,000원

섯!

오봉옥

천년의 시작

시인의 말

어느 날 문득 시를 만났다. 시는 내 의사도 묻지 않고 스
며들었다. 시인이라는 시시한 호칭 하나 부여한 뒤엔 요구
도 많아졌다. 자신을 늘 돌아보라 하고, 작고 가난하고 외
로운 것들 살뜰히 살피고 챙기며 걸어가라 한다. 단풍 들 나
이에 와서야 알았다. 이 세상에서 가장 큰 행운은 바로 그
시를 만난 일이었음을. 그리하여 새삼 다짐한다. 시를 쓰는
마음으로 살 것이다.
　지난 팔 년간 쓴 시를 모아 다섯 번째 시집을 낸다. 이 시
집을 세상을 먼저 떠난 아버님과 아우에게 바친다. 내가 줄
게 이것뿐이어서 미안할 따름이다.

차 례

시인의 말

제1부

제1부

사소하거나 거룩한

TV에서 연어의 귀향을 보고 있는데
죽어서가 아니라
죽으러 가는 그 눈부신 행렬을
애처로운 눈길로 따라가고 있는데
아내가 갑자기 뱀처럼 휘어 감는다

폭포에 몸을 던져 아가미가 찢기고
거슬러 오르다 오르다
지느러미가 뜯겨 피 철철 흐르는데
비늘을 벗겨 낸 아내가 파르르 떨며
내 안의 깊은 여울 속으로 뛰어든다

상처투성이 몸으로 마침내 알을 낳고
꼬리로 바닥을 휘저어 자갈이불로 덮은 뒤
그제야 저를 놓아버리는 연어
난 다음 장면이 궁금해 죽겠는데
아내는 다음 세상이 궁금하다는 듯
숨넘어가는 소리를 낸다

시詩

어느 날
피투성이로 누워
가쁜 숨
몰아쉬고 있을 때

이름도 모를
한 천사가
제 몸을
헐어주겠다고 사뿐,

사뿐,

사뿐, 그 벌건 입속으로
걸어 들어온 뒤
다시 하늘로
총총
사라져간 것이었다

그 뒤 난
길에 침을 뱉거나

무단 횡단을 하다가도
우뚝우뚝
걸음을 멈추곤 하였는데

그건 순전히
내 안의 천사가
발목을 잡았기 때문이었다

기억의 변증법

잊을 수 없는 것들은
제 스스로
걸어오는 경향이 있다

그렇다고
붉은 신호등 앞으로
또 찾아올 건 뭐람

남영동 대공분실 수사관이
취조를 하다 말고
욕조에 물 받는 소리보다 더

귓속을 파고들어
쟁쟁거리며 울리던 것은
면회 온 누이의 말

아부지가 먼산바라기로 살고 있시야

하필 건널목에서
막걸리에 취해

게걸음으로 걸어갈 게 뭐람

고추바람 부는데
뒤차가 경적을 울리는데

죽어서도 나를
걱정하고 계시는지
잠자리가 꿉꿉한 건 아닌지

아버지를 한번 찾아뵈어야겠다
아니 구두끈을 조이고
더 열심히 살아

이제는 정말
아버지를
보내드려야겠다

내 사랑이 그렇다

1

내가 구름을 걷고 싶은 건

순전히 고 기집애 때문이었다 온종일 졸래졸래 따라다니던 열세 살 고 기집애

우린 구름 속에 집을 지어놓고 꿈꾸듯 흘러 다녔다 난 서울로 가자 했고, 고 기집애는 무인도로 가자 했다

가다가 힘들 땐 산마루에 걸터앉아 쉬었다 가고 따분할 땐 잠시 바다도 들여다보며

잘 보이니?

난 그 애에게 대답 대신 달 모양을 새겨 볼우물을 만들고 꽃 모양을 새겨 꽃시계를 만들어주었다 그때면 흥분한 그애가 꼭 하늘가에 호젓이 떠있는 달을 따다가 반을 툭 잘라 내 손가락에, 반은 또 제 손가락에 채우곤 했다

어머, 늦었네 돌아가자

바다에도 길이 있어 거룻배 한 척 떠가듯이 하늘에도 따로 길이 있어 우린 구름을 타고 강남 간 제비처럼 잘도 돌아왔다

2
스물아홉, 숨어 지내던 시절이었다

홀로 세상을 떠돌다 보면 눈시울이 뜨거워질 때가 많다 허름한 식당에 우두커니 앉아 국밥 한 그릇 기다리다가 괜스레 콧날이 시큰해져 코를 풀기도 하고, 바닷가에 앉아 소주를 비우다 아이처럼 울부짖기도 한다

보고 싶어

보고 싶다는 말처럼 가슴에 빠르게 와 박히는 말이 있었던가 난 화살보다 빠른 그 말 한마디에 허물어져 그녀를 찾고 말았다

그때 우리 둘 어디에서 몰래 만났던가 콩닥콩닥 뛰는 우리들 심장 소리를 들었다면 풀잎도 잠시 파르르 떨었으리라

하루해가 어찌나 빨리 떨어지던지

어둑발 내려 약속 하나 품고 돌아왔다 무엇이 궁금한 건지 별들도 한참을 따라왔다 그날 난 그 약속을 그녀의 집 앞 허공 속에 감춰두었다

3
새우처럼 구부리고 자는

늙은 아내의 맨발이 섧다 무슨 가슴앓이를 하고 살았기에 밭고랑처럼 발바닥이 쩌억 쩍 갈라진 것이냐

구멍 난 팬티를 아무렇지도 않게 입고 다니는 여자
늘어진 뱃살을 애써 감추며 배시시 웃는 여자

살갗 좀 늘어진들 어쩌랴 엄니 가슴팍처럼 쪼그라들고 늘어진 거기에 꽃무늬 벽지 같은 문신 하나 새기고 싶다

나와 눈이 마주치지 않았더라면 더 높이 날아올랐을 텐데

들판을 통통 튀어 오르는 가젤의 발걸음처럼 가볍고 신나게 하루하루를 살아가고 있었을 텐데

가여운 그 여자 팔베개를 해주려 하니 고단한 숨을 몰아 쉬면서도 내 팔 저릴까 가만히 밀어내고 있다

아내

우리 집 처마 끝에 매달려
집을 지키는 물고기

바다를 품어본 적이 없고
바다로 나아갈 생각도 없는
가엾은 저 양철 물고기

문지기 수행자로 살기 위해
얼마나 허공을 쳐댔던 것일까

가만히 다가가 보니
비늘이 없다

고개를 돌려보니
아이의 어깨에 달라붙은
그렁그렁한 비늘

나 죽은 뒤에도
관 속까지 따라와
가슴에 곱다시 쌓일 것 같다

나를 거두는 동안

아프다, 눈물을 삼키며 돌아서는 내 몸이
가랑잎 부서지듯 갈라진 소리를 낸다.
때가 되면 단풍나무는 그저
잎새나 떨어뜨리며 사는 존재인 줄 알았는데
붉게 물든 제 살점을 뚝뚝 떼어내
발밑에 쌓아두는 것이 단풍잎임을 이제야 알겠다.
때가 되면 저녁 하늘은 응당
사그라지는 존재인 줄이나 알았는데
달아오른 하늘빛을 거두고
자꾸만 어둠 속으로 저를 밀어 넣는 것이
노을임을 이제야 알겠다.
백번을 고쳐 물어도 그녀가 좋았는데,
백번을 떠올려도 또 보고 싶었는데
이제는 나를 거두어야 할 때.
다음 세상에서도
그녀가 사는 정원의 작은 바위로나 앉아
그녀를 하염없이 기다리며 살아야 할 것 같은
설운 오늘.

다시 사랑을

1
쉰을 넘으니
하루하루가 뜨겁다
내 가슴은 시방
용광로처럼 끓고 있다
오늘은 어디에 눈이 팔릴지
몰랐다, 반체제 인사라던 내가
이 땅이 좋아 끙끙 앓게 될 줄은

저물어간다는 건
슬픈 일만도 아니다
축복이다
몸이 사위어가니
마음의 눈도 생긴 것
내 발걸음은 시방
가젤의 발걸음보다 가볍다

2
가녀린 꽃들이
수신호를 보내고 있다 해도

알 수 없는 시절이 있었다
꽃이나 보고 산다는 건
사치였으므로
스치면 베일 것 같은 눈빛으로
세상을 살아가야만 했으므로

어둑발 속에서
자신을 지운 나무들은
떠오르는 별을 바라보며
내일을 기약한다지만
난 아무런 기약도 없이
돌멩이를 집어 던졌다
꽃보다 짱돌을 믿던 시절이었다

3
서른이 지나도
마흔이 지나도
길이 보이지 않았다
누가 허공 속에 숨겨 두었는지
별 하나 보이지 않았다

어쩌다가
산에 오를 때에도
꽃 하나
눈에 들어오지 않았다
몇 발자국 떨어진 돌 틈에서
다람쥐 한 마리가
빤히 쳐다보고 있었는데도
죽은
내 가슴은
아무것도 받아들일 수 없었다

4
중늙은이가 되어
눈물이 많아졌다
이제 썩은 사과 하나에도
눈이 간다

뜨겁지 않은 생명이 어디 있으랴
썩은 사과라 해도
단내 풍기며 살고 있다

빠개질 듯한 가슴을 잃고도
누군가에게로
단내 풀풀 풍기며 가고 있다

삶이란 그런 것이므로
마지막까지 저를 한번
밀어붙여 보는 것이므로

5
가슴이 뛴다
무엇을 볼 수 있으려나
꼬리 아홉 개 달린 여우처럼
날이면 날마다 둔갑하는
꽃들이 나무들이
오늘은 무슨 패를 보여 주려나
호수는 또
무엇을 삼키고
시치미 뚝 떼고 앉아있으려나

산을 오르자니

눈시울이 뜨거워진다
새벽 숲도
그런 내 마음 읽었는지
말없이 어깨를 감싸 안는다

6
저녁노을이
제 몸을 홀라당 태우고
사라져가듯이
죽을 때까지
뜨겁게 사랑하고 싶다

황소바람 부는 겨울에도
가슴 한켠에
꽃망울 밀어 올리고
오래오래 속닥이고 싶다

떠나야 할 때 오거든
망망대해에 배 한 척 띄우듯이
꽃잎 같은 목숨

가만히 가만히
허공 속에 뿌리게 하리라
그리하여
허공 속에서 노를 젓는 나비가 되어
저세상으로 훨훨 날아가리라

그 꽃

　시인은 죽어서 나비가 된다 하니 난 죽어서도 그 꽃을 찾
아가련다.

등불

이렇게 환한 등불 본 적 있나요
개미 두어 마리가 죽은 나방을 움켜쥐고
영차 영차 손잔등만 한 언덕을 기어오를 때
공놀이하던 한 아이가 잠시 길을 비켜줍니다
순간 개미의 앞길이 환해집니다

이렇게 빛나는 등불 본 적 있나요
일곱 살짜리 계집아이가 허리 꺾인 꽃을 보고는
냉큼 돌아서 집으로 달려가더니
밴드 하나를 치켜들고 와 허리를 감습니다
순간 눈부신 꽃밭이 펼쳐집니다

오늘 난 두 아이에게서 배웁니다
우리는 모두 누군가의 등불이 될 수 있다는 걸

희망

깎아지른 절벽 틈새 둥지에서 막 알을 깨고 나온 새 한 마
리 허공을 걷기 위하여 본능적으로 입을 벌리고 날개를 곰
지락거린다
저 하늘, 내일은 네 것이다.

낙엽 한 장

배낭에 따라붙은 낙엽 한 장
그냥 떼어버릴 일 아니다

그 나무의 전생과 어떤 인연이 있었는지는
아무도 모르는 일이니

죽어가면서도 마지막으로 한 번
손을 내밀어 보는 이유가
필시 또 있었을 것이니

나에게 묻는다

바다를 닮지 않는 어부가 어디 있으랴
산 사나이는 산을 닮아가고
농부는 땅을 닮아가다 땅이 된다
작가도 마찬가지
책 더미에 파묻혀 살다가
책이 되어 죽는 게 작가의 운명이다

넌 어떤 책으로 남을 것이냐
더는 혈관 속 피처럼 뜨겁지 않고
더는 칼날처럼 날카롭지도 않은데
누가 와서 네 책갈피를 접고
밑줄을 그어줄 것이냐

언젠가 해금된 지용과 백석의 시집처럼
세상엔 귀퉁이가 너덜너덜 떨어져 나가도록
읽고 또 읽어야 할 책도 많은데
누구 하나 긴장시키지 못하고
누군가의 밧줄 한번 되지 못하면서
어쩌자고 책으로 서 있는 것이냐

너에게 묻는다
피 한 톨 돌지 않는 장식용 책이나
읽지도 않고 버릴 쓰레기로 살 것이냐
아님 이삿짐 쌀 때 마지막까지 챙길
가슴 뜨거운 책으로 살 것이냐

나는 나

이제부터는 나를 자유라 부르기로 했다
뉘 집 딸이라는 말
누구의 엄마라는 말
누구의 아내라는 말
목숨보다 질긴 그런 말들 다 버리고
이제부터는 나를 나라고 부르기로 했다

그동안 난 여자라는 섬뜩한 운명에 갇혀
수족관 물고기처럼 살아왔다
내 할머니는 물 밖 세상이
있는지도 모르고 살다가 죽었다
내 어미는 물 밖은 두려운 세상이어서
지느러미를 펼쳐볼 생각도 않고 떠나갔다

난 오늘부터 수면을 박차고 하늘을 향해
뛰어오르는 물고기가 되기로 했다
모천母川으로 회귀하는 연어가 죽음을 각오하듯
모천母天으로 돌아가기 위해 나를 던져
번개처럼, 천둥처럼 세상을 한번
흔들어보기로 했다

너는 너
나는 나

겨우 천 년

그대만 홀로 울멍울멍 남겨 두고
주인을 따라 순장될 때
나 눈물에 새겨두었다
세상에 다시 이마를 내미는
연둣빛 잎새와
장글장글 기어 다니는 햇살이
되어서라도 만나자는 말

수억 년, 수수억 년이 흘러
기다림에 지친 화석과
그 곁을 무심히 스쳐 지나가는
바람이 되어서라도 꼭 만나자는 말

그런데 누가 오늘
그 아롱아롱 새긴 문신을
꺼내 펼쳐놓았나
박물관 구석에 미라로 누워있는 내 앞에서
그대는 한참을 머물다 간다
가다가 또 갸웃, 뒤돌아본다

하, 생각해 보니 그대와 헤어진 지
겨우 천 년

우는 여자

시래기처럼 빼빼 마른 아내가
어깨를 들먹이며 홀로 강변을 걷는데

열다섯 어린 날의 영혼이
나비처럼 팔랑거리며
꿈꾸듯 따라가고

스물둘 철없는 영혼도 미쳐서
참말로 미쳐서 한 사내를
대책도 없이 졸래졸래 따라가고 있네

뼛속까지 훑고 가는 고추바람과
온몸을 얼어붙게 만드는 눈보라에도
끄떡없는 강철 아내가

아직도 설움이 남아있는지
강변에 쪼그리고 앉아
우는 노을을 바라보고 있는데

이 세상에 가장 큰 죄는

저렇게 허전하고 외로운 뒷모습을
만드는 일인 것만 같아서

멀리서 숨죽이며 훔쳐보다가
가만히 입을 틀어막고 마네

인생

돌아보면 파랑 같은 삶이었다
멈추면 끝이어서 쉼 없이 일렁거렸다

바다의 날개인 흰 파도가
뭍이 그리워 커다란 날개를 퍼덕이듯

꿈인 듯 달 한 덩이 띄워놓고
나는 또 얼마나 망망대해를 떠다녔던가

외로워서 얼마나 자주 뒤척거리고
내 몸을 쳐 얼마나 또 소리 내 울었던가

꿈꾸는 자만이 날갯짓을 하는 것

오늘도 지친 등짝을 후려쳐
크고 작은 물이랑을 일구기 시작한다

섯!

우리를 숨죽이게 한 건 3·8선이 아니었다
검문하러 올라온 총 든 군인도
검게 탄 초병들의 날카로운 눈빛도 아니었다
기찻길 건널목에 붉은 글씨로 써놓은 말 섯!
그 말이 급한 우리를 순간 얼어붙게 만들었다
두 다리로 짱짱히 버티고 서 고함을 지르는 섯,
그 뒤엔 회초리를 든 호랑이 선생님이
두 눈 부릅뜨고 서 있는 것 같았다
머리에 모자를 쓰고 있는 것도 아닌데
커다란 방점이 떠억 하고 찍혀 있는 것 같았다
멈춤 정도야 뭐 말랑말랑한 말로 느껴질 뿐이었다
섯에 비하면 정지나 스톱 같은 말도 그저
앙탈이나 부리는 언어로 느껴질 뿐이었다
남에서 올라온 내 발 앞에 꽝,
대못을 박고 가로막는 섯!
그 섯 가져와 자살 바위 옆에 세워두고 싶었다
그 섯 가져와 기러기 떼 날아가는 노을 속에
슬그머니 척, 걸어두고 싶었다

슬픈 너울

이게 나라가 아니어서
우린 물결처럼 쏟아져 나왔다
고요 바다에 괴소문이 돌고 있어서
삼삼오오 두런두런 잔물결로 일렁이다가
설마 하고 잦아들기도 몇 번
맞아 하고 파도처럼 고개 들기도 몇 번
세상이 하 수상해서
이런 나라에 산다는 게 부끄러워서
끝내 하얗게 날이 선 파도가 되어
으르렁거리고 울부짖었다
고요를 잃은 바다는
뭇 생명들을 요동치게 하는 법
성이 난 우리는
집채만 한 고래로 일어서고
날카로운 상어 이빨이 되어 진격했다
하루하루 먹고살기도 힘들지만
이런 나라에 산다는 게 수치스러워서
슬픈 너울이 되어 뒤집어 버렸다
세상을 삼킨 바다는
그제야 젖 다시 물리고

작은 배 한 척 띄워놓는다
고생했다고 궁둥이 다독거리며
뜨거운 해를 품고 나아가게 한다

운명

나비는 무심결에
놀다 갔을 뿐인데

나비의 발가락이
그리운 꽃은
바람이 조금만 불어도
흔들린다

내게도 그런 사람 있었다

그녀는 단지
스쳐 갔을 뿐인데

어쩌자고
내 가슴엔
보름달 그녀가
쾅,
박혀 오는 것이었다

하필 그때

시간이 멈출 일은
또
무엇인가

가슴에 뜬 달은
날이 바뀌고
산천이 바뀌어도
지지 않는다 아니

나이 들어 쓸쓸할수록
그 빛은
바람을 일으켜 내달린다
막무가내로 달려가 부서진다

그뿐인가
죽어서도
불도장으로 남게 될
아쉬움 하나

콩닥거리는 마음을

그때 그냥 콱,

들켜버렸더라면

인간들

자동차들이 매연을 뿜으며 허공을 가른다
저 허공이 나비들에게 준 신의 선물인 줄도 모르고

천사 가젤

저
용수철처럼
탄력 있는
가젤의 발목

요리 통
조리 통

치타의
날카로운 발톱에
채이려는 순간
땅을 박차고 토오옹,
하늘로 날아오른다

제 몸
다 내주고
떠나간 영혼은
얼마나 아름다운가

육신은
마지막까지 남아
누군가의 밥이 되고
잔치가 되고

가젤이 오늘
하늘길 오르다가
핏빛 노을 만들었다

별리

가장 큰 죽음은 언제나 가슴 한켠에 길을 낸다
거기엔 늘 비바람 불고 눈보라 몰아쳐
온몸을 떨며 흐느끼게 하고 젖어 들게 한다
괜찮아, 어여 가, 숨이 넘어갈 때까지
나를 한사코 떠밀던 울 아부지 죽어서야 호강했다
젊은 염습사가 와서 난생 처음 화장을 해주니
그저 지그시 꿈을 꾸듯 눈을 감고 있을 뿐이었다
너희 아부진 죽을 복을 타고났구나,
나보다 먼저 죽는 게 대복이지 뭐냐,
홀로 남은 엄니의 그런 궁시렁거리는 소리
들으며 듣지 못하며 먼 길 떠나셨다
일평생 맛있는 흙만 파먹고 살아온 울 아부지
마침내 흙이 되었다, 흙이 되다가
외로울 땐 잠시 풀꽃으로 피어나기도 하고
때마침 솔바람이라도 불어준다면 그 향기 앞세워
문지방으로 냉큼 돌아와 다시금 넘어설 것이다

제2부

엄마의 집게

집게의 두 다리 사이로 만만한 세상이 보였다
세상에 집어 올 수 없는 물건도 있다던가
엄마의 집게는 늘 세상을 향해 으르렁거리고 있었다
불독 이빨보다 더 강한 엄마의 그것
한번 물면 이빨이 부러질지언정 놓아주는 법이 없었다
귀퉁이가 닳은 책상이며 뚜껑 없는 쌀독 심지어는
구멍 난 양말 쪼가리까지 덥석덥석 물고 왔다
홍수가 나던 해 물 만난 집게는 분주히 움직였다
비좁은 마당엔 떠내려온 물건들이 득시글거렸다
우린 그게 또 부끄러워 멀리서 지켜보았다
제 동무들의 팔다리를 마구 끊어놓는 바닷가재의 집게
보다도
우는 아이들까지 집어 간다는 넝마주이의 집게보다도
더 단단하고 높고 질긴 엄마의 집게
사람들은 딸부잣집인 우리 집에서 아들이 하나 생기자
그 아이도 어디서 주워온 모양이라고 수군거렸다
막내는 지금도 아버지의 낡은 사진을 빤히 들여다보곤 한다

펌프의 꿈

이게 뭐지,
화석처럼 굳어있는 게 신기했던지
고추잠자리 한 마리 날아와
낡은 펌프 손잡이를 움켜쥔다
한때는 동네 사람들이
줄을 서 펌프질을 했으리라
아낙네들은 와서 누구 사내는
펌프질을 잘한다네, 못한다네 하고
한참을 키득거리다 가고
온종일 동네 어귀에서 놀다 온 아이들은
지들끼리 등목을 하며 으으으 으으으,
새까만 몸을 마구 비틀었으리라
그걸 본 계집애들은 또 까르르르 웃다가
발그레한 얼굴로 돌아갔으리라
저게 죽어서 고철이 된다고 생각하니
괜스레 쓸쓸해진다
나라도 마중물이 되어 저 목울대를 타고
캄캄한 어둠 속으로 기꺼이 들어가
손을 내밀고 살을 섞고 싶다
그때면 낡은 펌프도

울컥울컥 울음을 토해 내다가 말하리라

등목 한번 할래?

일체유심조

다달이 달세 내느라 등골 휘어 달동네라지만 꼭대기 우리 집 뒷마당에서 보면 세상은 온통 내 차지여

코끼리 똥

코끼리 똥은 마약이다.
피 맛을 즐기는 사자도,
바람을 가르는 치타도,
똥 맛을 제대로 아는 쇠똥구리도
그 앞에선 무장해제가 된다.
코끼리 똥 한 주먹씩 떠다가
제 몸에 처바르는 건 기본.
때론 똥밭에서 뒹굴다가
스르륵 잠이 들기도 한다.
제가 태어난 자궁 속 같기도 하고
하늘가에서 유유자적 떠가는
구름 같기도 해서 잠시
몸을 맡기고 둥둥 떠내려가 보는 것.
코끼리 똥에선 짓이겨진 풀 냄새가 나고
풀벌레들의 울음소리가 들린다.
지나가는 바람도 그걸 알고
코를 킁킁 대보곤
한동안을 맴돌다 간다.

동물 학교 관람기

1

가젤은 날개 달린 새들이 부러워 들판을 지렛대 삼아 자꾸만 하늘로 튀어 오르고, 하늘을 자유자재로 나는 새들은 초원을 누비는 가젤이 부러워 자꾸만 들판을 내려다본다.

2

세상에서 가장 느린 나무늘보가 맹수의 위험에도 자신을 길러준 나무 밑으로 엉금엉금 기어 내려가 구덩이를 파고 똥을 눈다. 나무가 배부를 것 같다.

3

동물원의 보안관인 기린은 고달픈 하루를 산다. 오늘도 스트레스를 받아 제 새끼를 잡아먹고 만 시베리아 호랑이의 슬픈 이야기를 긴 목을 저어 허공에 새겼다. 하늘에서 비가 떨어졌다.

4

남의 집 담을 넘던 고양이 한 마리가 나와 딱 눈이 마주쳐서는 귀신이라도 본 듯 발이 굳어 움직이지도 못하고 눈알만 굴린다. 놀라워라, 귀신같이 무서운 존재가 인간이었다니.

5

붉은 등 거미 수컷이 교미를 하면서 볼록한 제 배를 암컷의 입 앞에 대주자 암컷은 기다렸다는 듯이 그 속을 파먹기 시작한다. 먹는 자의 뜻은 무엇이고, 먹히려는 자의 뜻은 무엇이었을까.

6

진정한 마술사라면 하늘도 속일 줄 알아야 하지. 사막의 마술사 여우가 너무도 더워 꼬리 하나를 스을쩍 감추었더니 하늘도 놀라 천둥 번개를 치더라.

7

초원의 마라토너 늑대가 떠오르는 달을 보고 서럽게 우는 것은 바람 한 줄기처럼 죽을 때까지 달려야 하는 운명을 갖고 태어났기 때문이다.

8

인간들은 이런 말을 한다. 코끼리는 쇠꼬챙이나 매로 길

들여야 벌목을 시킬 수 있어. 하지만 밀림의 산타 코끼리는 생각한다. 난 지금 아이들에게 안겨 줄 연필 하나 등에 지고 산을 타는 거야.

9
섬이 되는 순간 사라진다. 세렝게티의 법칙이 그것이다.

경배

사람은 똥이 가늘어지다
죽는다는 말이 있거늘,
십여 년 동안 물찌똥이나 싸다가
오늘 등 근육이 제법 단단히 붙은
똥자루를 보노라니
문득 절하고 싶어진다.
누런 뱀이 또아리를 틀고
부처님처럼 앉아
나를 빤히 쳐다보고 있으니
어찌 경배하지 않을쏜가.
하, 이놈 봐라!
머리를 연신 조아리는 나에게
호통이라도 칠 것 같다
아니 애써 동여맨 어제의 삶을
헤삭헤삭 풀어헤치며 놀릴 것만 같다.
하지만 그런들 저런들 어떠하겠는가.
미안한 말이지만 감동이란
이럴 때 쓰는 말이라는 생각만 들 뿐.

아비와 벗꽃

불 피워라 귀한 손님 오신다
울 아비 말 떨어지기 무섭게
우리 삼 형제 장작불 피워 올렸지
아궁이가 아닌 벗나무 아래에서
벗나무 등짝을 뎁히고 또 뎁혔지
벗나무 가지에도 훈김이 기어올라
그 콧잔등을 오래오래 간지럽혔지
그때면 온몸을 노릇노릇하게 지진
벗나무가 제 차례가 된 줄 알고
꽃망울을 밀어 올리기 시작했지
뻥이오, 예고도 없이 꽃밥을 터트려
온 동네 아이들의 입 헤벌리게 했지
참 좋은 날 왔네그려,
그러게나 말이시
벗꽃 띄워 한잔 하세,
울 아비 밤새도록 술잔을 기울이다
그만 벗꽃에 취해 나자빠졌지
이쯤 되면
여든 살을 자신 벗나무도 한 말씀

그래, 이 사람들아
나도 이 맛에 꽃 피우네그려!

어머니의 밥

난리를 두 번이나 겪어봐서 안다
이 세상에 목숨 붙이고 사는 일보다 중요한 거 없다
잡상인으로 살며 사흘 걸러 잡혀가면서도
눈물 한 번 흘리지 않았다
잡아가는 순사도 지쳐 멀리서 호루라기 불었다
자식 놈 밥 넘어가는 소리 들으며
빈 수저로 허공을 퍼 올려 배를 채우던 엄니에게
밥은 무엇이었을까
먹어도 먹어도 허기진 세월,
난 늙은 엄니가 고개를 두리번거리며
눈밥을 떠먹는 걸 본 적이 있다 그리고
제 몸의 살점을 뚝 떼어내 자식들 입에 떠 넣어주는 일을
난 그저 거룩하다는 말로 포장해 왔다

아버지의 밥

초로인생이라는 말 입에 달고 살았다
식은 밥 한 덩어리에 막걸리 한 잔이면 그만이었다
고개를 자빠트리고 내일을 걱정하는 건 엄니에게 미루고
짐 자전거 타고 유유자적 사람들 만나 이약이약 하며 살
았다
잡상인으로 잡혀가 경찰서 조서를 받다가도
엄니가 오면 대신 좀 받으라며 벌떡 일어서 나가곤 했다
엄니에게 목구멍은 슬프디슬픈 감옥이어서
눈물을 삼키게 하는 곳이었지만
자신에게 목구멍은 염치없는 골목일 뿐이어서
밥물 끓는 냄새만 나도 문 열리는 소리를 냈다
그런 아비에게 인생의 가장 즐거운 낙은
뚝배기 한 그릇 뚝딱 비우고
세상 다 가진 표정으로 먼 산 바라보는 일이었다

누이의 밥

누이에게 저녁노을은
하루를 시작하는 붉은 종소리였다
친구들이 까르르까르르 웃으며
학교에서 돌아올 때
누이는 밤일을 하기 위해
축 처진 어깨로 공장 문턱을 넘었다
고등학교를 못 간 누이는
눈물을 달고 살았다
외양간에 웅크리고 앉아
여물 먹는 소를 안쓰러이 바라보다가
때 묻은 팔소매로 눈가를 훔치기도 하고
갑자기 얼굴을 감싸 쥐고 흐느끼기도 했다
열일곱 처녀의 얼굴 여기저기엔
울음 자국이 딱지처럼 앉아있었다
구멍 난 양말들이 참새처럼
줄지어 빨랫줄에 올라앉던 시절,
누이의 꿈은
단발머리 학생이 되는 것이었다
학교를 가기 위해 엄니 곁에서 늘
앙알앙알거리던 누이에게

밥은 무엇이었을까
사람답게 살고 싶다는 일보다
절실한 일이 어디 있겠는가
누이는 끝내 나비가 되어
야간 학교 높은 담을 넘나들었다

나의 밥

밥이라고 쓴다 울컥, 해 진다
한때는 밥에 지기 싫어
체 게바라의 삶을 꿈꾸기도 했었다
체를 흉내 내며 농성도 하고 연설도 했다
수배를 당해 떠돌거나 옥밥도 먹었다
결혼을 하고 밥그릇의 비애를 깨달았다
으스대는 갑 앞에서 마음이 상하다가도
어느새 머리를 조아리고 있었다
굴욕은 잠시,
모든 것은 지 나 간 다, 하고 스스로 위로했다
비굴하게 몇 마디 비위를 맞추고 돌아오다가
괜히 길가의 돌멩이를 걷어차기도 했다
혼자서 걷다보면
손가락이, 머리가 아닌 온몸으로 쓰자는
젊은 날의 초심이 떠올라 목이 또 메어온다

가시걸음
—아우를 떠나보내며

아우가 죽었다.
버릇처럼 자살을 해대던 아우가
갑자기 피가 막혀
살점이 떨어져 나가도록 입술을 물어뜯고
셔츠를 찢어발기며 가슴을 쥐어뜯다가
그만 이 세상을 떠나고 말았다.
젊은 의사는 급성 심근경색이 사인이라지만
난 아직도 심근경색으로 위장한
자살이라고 믿고 있다.
세상이 아우를 버린 게 아니라
아우가 세상을 버리고
자유로워진 것이라 믿는다.
좋니?
죽어서 홀가분하니?

마흔일곱에 죽은 아우는
감추고만 싶은 어머니의 흉터이다.
아우를 떠나보내고 어머닌
허공을 휘젓는 버릇이 생겼다.
그건 어둠과 바람 속에서 떠다니는

아우도 알 것이다.
어머니의 아픈 무릎엔
푸르른 대밭이 있어
바람이 무시로 드나든다.
비가 오면 쿡쿡 쑤시기도 한다.
무릎을 찌르는 건 비단
쇠 바늘만이 아니다.
죽은 아우가 저를 기억하라고
쑤시고 가는 가시걸음이다.

가난한 집에서 넷째로 태어나
길가에 돌멩이처럼 내팽개쳐진 채
아무렇게나 살아온 아우야.
허덕허덕 살아온 세월 잊어버리고
그 어디서든 잘 살아라.
부디 돌아보지 말거라.
네 아픈 흔적 형이 다 지우고 가마.
이제 들꽃들을 보더라도
쪼그리고 앉아 하나하나 봐주마.
너처럼 안간힘으로

얼굴을 내밀고 있는 꽃이 있거든
안녕, 하고 말도 걸어주마.
너를 보듯 환하게 웃어주마.

함께 살자

가슴이 쿵 내려앉는 말
함께 살자!

한 노동자가 영하 20도 철탑 위에서
눈보라와 싸우며 하는 말
함께 살자!
장애를 가진 사람이 휠체어를 타고 가다
도로 턱을 넘지 못하고 그만 내뱉는 말
함께 살자!
인간답게 살고 싶어서
짐승처럼 살 순 없어서 외치는 말
함께 살자!

미얀마에서 온 새파란 청년이
징글징글한 이 땅을 떠나고 싶어도
밀린 월급이 많아 떠날 수 없다며
다시금 컨테이너 박스에
고단한 제 몸을 구겨 넣다가 하는 말
함께 살자!
하늘 위에도 허공 위에도 길바닥 위에도

쉬 꺼지지 못해 살아 숨 쉬는 가슴팍에도
수없이 썼다가 지운 말
함께 살자!

분노의 주먹이 날아가서 하는 말
통한의 눈물이 세상을 적시며 하는 말
뒹구는 혼들이 아우성치며 하는 말
떠도는 혼들이 한이 되어 내뱉는 말
함께 살자!
간절한 촛불이 흔들리며 하는 말
함께 죽자고 외치기 전에
마지막으로 해보는 이 말
함께 살자!
제발,

혁명

어둠에 잠긴 그믐달이 새벽을 끌고 온다면
영문도 모르고 죽어간 소는 무엇을 끌고 올까

햄버거 새댁은 오늘도 소 두 마리 사러 간다
입에 쩍쩍 달라붙는 소, 혀에서 살살살 녹는 소

새댁이 우물 같은 눈으로 아침 햇살을 담아와 하루를 챙,
열면
신랑은 콧김을 훅훅 내뿜으며 초원을 질겅질겅 씹어 삼킨다

새댁은 오늘도 두 눈만 끔벅끔벅, 새김질이나 하며 지
낼 것이다
상사에게 혼이 난 신랑은 씩씩, 뿔이나 세우고 돌아올
것이다

지중해 연안의 한 나라에서는 그 순한 소들이
우왕우왕 들고일어나 세상을 확, 뒤집어 버렸다 한다

달인이 되려면

귀신같이 연을 잘 날리려면 이 정도는 돼야 하지.

연줄을 세상에서 가장 아름다운 칼로 만들어

지휘자의 손끝처럼 부드럽게 놀릴 줄 알아야 해.

눈에 잘 보이지도 않을 그 칼은 뭉게구름을 뭉텅뭉텅

잘라낼 수 있을 만큼 위력을 지니고 있어야 하지.

뭉게구름을 잘게 잘게 썰어 비단구름을 만드는 것쯤은
기본.

때론 그것들이 또 세상을 내려다보게도 만들어야 해.

잘게 잘게 부서진 채 떠다니는 건 비단 구름만이 아니라

끝없이 펼쳐진 들판과 인간들일지도 모르는 일이잖아.

진정한 달인이라면

바람이 허공을 가르면서도 그 흔적을 남기지 않듯이

허공 위에 칼금을 그으면서도

스스로 또 그 상처를 지울 줄 알아야 해.

그리고 어느 순간 접어야 할 때가 되었다 싶을 땐

저를 과감하게 놓아버릴 줄도 알아야 하지.

하늘호수에 잠겨

점 하나로 사라질 수도 있어야 한다는 말이야.

길

물길은 크고 늙은 송어가 잘 알고
흙길은 늙은 말이 잘 알 듯
인생길은 허리 굽은 노인이 제일 잘 안다

이것이 운명

나뭇잎은 나무의 입술
얼어붙은 혀로 기나긴 겨울을 견딘 나무는
봄이 되어야만 겨우 입술을 내민다
봄이 되면 나무는 연둣빛 입술 마구 내밀며
이게 뭐지, 아무런 경계도 없이 세상을 만진다

여름엔 입 맞추고 싶어
수천 개의 입술을 달고 흔들어댄다
바람 한 자락 붙잡아 이마에도 쪽
회오리 같은 볼우물에도 쪽
장글장글 기어 다니는 햇살을 끌어당겨서
또 입을 맞춘다
그러면 입 맞춘 바람은 쑥스러워
벌레 먹은 구멍 사이로 숨기도 하고
신이 나 다시 회오리를 일으키며
사라지기도 한다. 하지만 그뿐,

붉은 가을은 나무에게서 또
달아오른 입술을 빼앗아 간다

가뭄

내 나이 여든둘이시.
이 마을에 남자는 나 하나뿐이여.
빈집만 수두룩허제.
이 나이 먹도록 땅만 파묵고 살았는디
요즘엔 하늘만 보고 산당께.
비가 와야 쓰것는디
걱정이 말이 아니여 시방.
땅도 땅이지만
내 가슴팍도 시커멓게 타들어 가
쩌억 쩍 갈라지고 있네그려.
저 해 삽으로 푹 떠다가
어디다 묻어부렀으면 좋겄네.
그 삽 그냥 하늘가에 세워두소.
속 터징게 막걸리나 한 사발 해불더라고이.

소리를 본다는 것

풀꽃 한 송이도 피어날 때 소리를 낸다
그건 어른들만 모르는 일일 뿐
다섯 살 아이의 눈에도 보이는 일이다

아버지와 사탕

사탕 속에는 아버지가 있지. 미군 트럭 따라다니다 사탕 몇 개 얻어 와 불쑥 손 내밀던 아버지. 난 늘 아버지의 주머니를 뒤지곤 했어. 그러나 이제 그 아버지 사탕처럼 녹아내려 내 곁에 없지. 달콤한 사탕. 저 혼자서 철철철 녹아내리는 사탕.

세상에서 가장 공손하게 두 손을 내밀어 받은 초코 과자. 하얀 크림이 들어 있는 그 과자. 입에서 살살살 녹아내리는 그 과자. 둘이 먹다가 하나가 죽어도 모를 그 과자. 그 과자 입안에서 산산이 부서질 때 하, 당신도 그렇게 달콤하게 사라져버렸지. 그 부스러기를 죽을 때까지 주워 모으며 그리워해야 할 나만을 홀로 남겨 둔 채.

두 손 모아 쌓은 돌탑도 시간이 흐르면 균열이 생기듯 그 아무리 맛있는 기억도 시간이 흐르면 녹아내리지. 아니지. 녹아내리는 건 사탕도 시간도 아니지. 내 인생의 봄날이지. 다시는 돌아올 수 없는 환한 봄날의 장례식이지. 도박판의 푼돈처럼 순식간에 사라져간 아버지의 슬픈 그림자.

태백산맥

강물만 굽이치는 게 아니다
기세 좋게 흘러가는 저 산맥의 굵은 심줄을 보라
크고 작은 강과 마을들을 옆구리에 척 끼고
3·8선을 바람처럼 가로지르고 있다
철조망 따위야 아이들의 장난감
봄이면 진달래꽃 앞세워 북으로 내달리고
가을이면 붉게 물든 단풍잎 앞세워
남으로 남으로 질주한다
산 그림자 드리워 거친 숨결 잠재우고
그 산 그림자 철벅철벅 밟아대며
철없는 아이들을 뛰놀게 하는 것도
저 출렁거리는 산맥이 하는 일 그런데
수수만년을 살아온 저 산맥이 오늘은
동서남북으로 갈라져 서로를 물어뜯기 바쁜 우리에게
말없이 등 뒤로 저녁노을 걸어놓고서는
서로를 물들여 하나가 되는 일이
얼마나 장엄한 일인지를 가르친다

똥꽃

소가
똥 한 무더기 질퍽하게 싸놓고
더운 입김 내뿜으며 떠난 뒤
쇠똥구리 달려들었다
민들레 홀씨 달려들었다
어쩜 그렇게
맛있는 풀 내음을 풍길 수 있는지
바람도 와서 놀다가
구멍 숭숭 뚫어놓고 먼 길 떠났다
시간이 흘러, 똥에 꽃 핀다
봄바람 불어오면
가장 먼저 피어나는 꽃
똥꽃 핀다
이제 나비들 날아와 꿀을 빨 것이다
그것이 맛있는 똥인 줄도 모르고
한참을 빨아 먹다 갈 것이다

영원이라는 거

죽음만이 이 세상을 자유롭게 한다.
죽음의 파편이라는 것은
남은 자가 떠올리는
순간의 슬픈 이미지일 뿐.
천 길 벼랑을 구르는 물방울들은
부서진 채 영원의 바다로 나아간다.
그건 십 년을,
백 년을 기다려야만 겨우
이루어낼 수 있는 일이다.

제3부

탄생

하늘에 뜬 별처럼 사과가 다시 열렸다. 오늘 본 별빛이 어제의 별빛이 아니듯 사과의 빛깔은 하루가 다르게 변해 간다. 어제는 사춘기 소년의 발그레한 볼이 다녀가고 오늘은 연지곤지 찍은 누이가 다녀간다. 저걸 만들기 위해 얼마나 많은 바람이 스쳐 갔을꼬. 그 바람과 함께 사과의 가슴은 또 얼마나 많이 물결처럼 흔들렸을꼬. 저걸 만들기 위해 노을은 얼마나 많이 물들었을꼬. 그 노을 닮기 위해 사과는 또 얼마나 많이 몸부림쳤을꼬. 자, 봐라. 세상이 죽을힘을 다해 사과를 만들었다.

너도 그렇다.

와삭!

　사람은 자궁을 나오는 순간 울음을 터트리며 생生을 시작
하지만 사과는 탯줄이 잘리기도 전에 벌레들에게 방을 내주
며 고단한 생生을 시작한다.

　사과는 허공이 고향이다. 바람이 탯줄을 자르면 사과는
그만 집을 잃고 나락으로 떨어진다.

　그럴 때면 산다는 것도 저렇게 막막한 허공 속에서 흔들
리다가 떨어지는 게 아닌가 싶기도 하다.

　연둣빛 사과는 부끄러움도 없이 내보인 어린 소녀의 젖
망울을 떠올리게 하고 붉은 사과는 사내 맛을 알아버린 젊
은 새댁의 달아오른 입술을 떠올리게 한다.

　하지만 기억해야 할 것은 사과 한 개 그냥 붉어진 게 아
니라는 것.

　쇠가 물과 불 속을 오가며 망치질로 단단해지듯 사과는
새벽 찬 공기와 대낮 뜨거운 햇탕을 오가며 바람의 망치질

을 견디는 것으로 살을 채운다.

자, 이제 한입 깨물어 봐라. 이것이 사과다!

사과의 얼굴

　사과 수십만 개를 그린 화가 이광복에게 물었다 지겹지
않으세요? 어린아이 같이 웃으며 그가 대답한다 날이면 날
마다 반복되는 지겨운 삶을 어떻게 사세요? 그 순간 난 세상
을 깨달았다 사과 하나하나가 다르다 사과가 사과가 아니다

강물이 바다로 흘러가는 이유

강물은 고래에게 전해 줄 이야기가 많아서
쉬지 않고 바다로 흘러가는 거래.
오 씨가 죽어 한 줌 백골로 돌아와
나룻배를 띄워 건네주었다는 이야기.
열아홉 살 진이가
수심이 낀 얼굴로 다가와 제 얼굴을 비추기에
출렁거리는 물결로 오래오래 쓰다듬어 주었다는 이야기.
종자산 다람쥐의 비밀 창고가 어떻게 해서 털렸는지.
패랭이꽃을 두고 남방부전나비 두 마리가
어떻게 결투를 벌였는지.
강물은 산모퉁이 따라 구불구불 돌다가 들었던
그런 이야기보따릴 풀어놓고 싶어
오늘도 부지런히 바다로 달려간대.

아이들 세상

애들아, 너희는 좋겠다.
날개가 없어도 펑펑 날아다닐 수 있으니.

돌멩이가 아니어도 날아올라
하늘바다에 풍덩 뛰어들 수 있으니.

그 작은 주먹과 가슴으로
세상을 움켜쥐고 품을 수 있으니.

움켜쥔 거 그리 쉽게 버리고
휙 돌아설 수 있으니.

너희는 참 좋겠다. 세상이 네 것이어서.
아니어도 상관없어서.

절반의 여유

반달이면 족하다.
반이나 가졌으니.
반을 또 채울 수 있으니.

맨발

지나간 태풍에 뿌리 뽑힌 나무들
광장 귀퉁이에서
막막한 그림자 길게 늘어트리고 누워있다
죽어가는 것들은 왜 죄다 맨발이어야 할까
저 나무는 맨발로 죽을 때까지
허공 속을 걸어야 한다
저 맨발로 태풍을 가로막지 않았다면
세상은 더 오랫동안 들썩였을 것이다
저 맨발로 악수를 거둬들이지 않았다면
세상은 더 멀리 떠내려갔을 것이다
맨발을 다 드러낸 존재처럼 처절한 것은 없다
난 지금 맨발 위에 담요 한 장 덮어주고 싶어
그 언저리에서 서성이고 있다

말

산에 오르거든 말 함부로 내뱉지 마라
꽃도 듣고 다람쥐도 듣고
돌부리도 화가 나 발목을 건다

안내견 복실이

복실이는 맹인 악사의 눈이 되었다

눈이어서 짖지 않았다
덩치 작은 개들이 다가와 사납게 짖어도
겁 없이 까불고 올라타도
가만히 등을 내주고 바라볼 뿐이었다

눈이어서 걱정을 달고 살았다
캄캄해서 차에 치이면 어떡하나
눈앞에 돌부리 하나 나타나도
주인의 걸음을 가로막았다

맹인 악사가 바이올린을 켜면
멀찍이서 납작 엎드려 하염없이 기다렸다
어느 날 악사가 쓰러졌을 때
복실이는 물 한 모금 안 마시고
그 곁을 지켰다

악사가 죽고 홀로 남아
음식까지 밀어내며 끙끙 앓더니

끝내 생生을 마감한 복실이

죽어서도 눈을 감지 못했다

앞 못 보는 주인을 제가 찾아가야 했으므로

나무가 된 누렁이

폐지 줍는 노인이 아픈 몸으로 누렁이를 끌고 와
사람들이 오가는 산모퉁이 작은 나무에 묶어놓고 돌아
서더니
저세상으로 건너갔다

그때부터 누렁이는 말뚝이 되었다
말뚝은 말뚝이어서 비가 오나 눈이 오나 도무지 움직일
줄 몰랐다

말뚝은 어디서 발자국 소리만 들려도 귀를 쫑긋 세우고
고개를 돌렸다
그걸 안 바람도 나도 살짝 발뒤꿈치 들고 지나갔다

대공원에서 엄마를 잃고 혼자서 울던 기억이 새록새록
솟아났다
나 그 일곱 살 때 세상 잃은 슬픔이 무엇인지를 깨달았다

누렁이는 며칠을 굶었는지 축 늘어진 채 제 발등을 핥고
또 핥았다
사람들이 하나둘 사라지자 마지막으로 고개 들어

아무도 없는 길을 향해 컹컹 짖었다

개가 죽자 사람들이 나무 밑에 묻어주었다
그 후 나뭇잎들이 강아지 꼬리처럼 흔들리기 시작했다

오늘도 오지 않는 주인을 기다리다 속이 까맣게 탄 나무는
빈 가지로 울고 있다

아름답다는 거

어딘들 아름답지 않으랴만

바다에 종아리를 가만히 적시고 있는
샌프란시스코는 참 이쁘더라
바다 한가운데 떠있는 앨커트래즈 감옥조차
떠오르는 해를 와락 끌어안고 있으니
눈물 나게 이쁘기만 하더라

수십억 년의 시간이 빚어낸 흔적을 보여 주는
그랜드캐니언 협곡도 놀랍더라
오늘도 그 가랑이 사이로 바람을 끌어모으며
또 하나의 무늬를 새기고 있으니
입이 쩍 벌어지더라

그러나 정말 아름다운 건 흑인의 손
종이컵을 들고 커피를 홀짝거리며 걷던 노인이
길거리에 게워놓은 토사물을 보더니 주저 없이 앉아
그 까맣고 긴 손가락으로 종이컵에 쓸어 모아서는
휴지통에 버리고 유유히 지나가더라

저게 뭐지?

집에 가서는 손녀의 머리카락이나 쓸어 넘겨 줄
그 까만 손가락이 그렇게 빛이 날 수 있다니!
이 세상 어떤 아름다운 풍경도
그것을 대체할 순 없을 것만 같더라

그 여자

몸이 전부인 그 여자
알몸으로 바닥을 기며 살았지
짐 자전거 뒤에 기름통 싣고
악착같이 세상을 가르며 내달렸지
가파른 오르막길 만나면
부끄러움도 없이 일어서
엉덩이를 들썩거리며 올라섰지
그녀가 바큇살 따라
그 딴딴한 장딴지로 페달을 밟고 돌아올 때
하루가 비로소 저물었지
나 그때
골목 어귀에 숨어서 봤다는 말은
죽어도 하지 않을 거야
여자니까
여자라는 것도 모르고
울 엄니처럼 살았을 테니까

날아라, 꽃아

장독대 허수아비로 서서
하늘만 치어다보는 맨드라미는 말이야.
끓어오르는 더운 피 어쩌지 못해
붉은 볏을 세워 자꾸만 허공을 치받곤 하지.
저 홀로 누군가를 바라본다는 건
어차피 혼자서 감당해야 할 형벌이니
참아내야만 되는데 말이야.
바람이 불면 기다렸다는 듯이
기세등등한 볏을 앞세워
허공을 치받곤 하니 하늘도 놀라
움찔움찔 뒷걸음질 치고 마는 거지.
그러니 혹 가을 하늘이
뒷걸음질 치는 것처럼 느껴지거든 말이야.
바람에 등 떠밀린 맨드라미가
발뒤꿈치를 치켜들고 어디선가
날아오르려 하기 때문이라고 생각해 주길.

성자

정신지체아 최성일 씨는 쉰 살 아이지요.
그가 어느 날 꽃 지킴이를 자처하고 나섰어요.
늙은 엄마 졸라 완장도 차고
제법 허리도 꼿꼿이 세운 채
온종일 꽃밭을 맴돌기 시작한 거지요.
잠자던 꽃이 세상에 어떻게 얼굴을 내미나 보려고
꼭두새벽부터 일어나 꽃밭으로 달려가고요,
누가 차를 끌고 와 매연이라도 뿜으면 아이고,
꽃 다 죽는다고 울며불며 팔순 어매에게 뛰어가지요.
꽃이 시들시들하면 꽃의 이마를 짚으며 걱정을 하고
늙은 엄마 이부자리 살피듯 땅을 다독거리거나
코를 킁킁 대보곤 고개를 갸우뚱거리기도 하지요.
아무도 없는 새에 꽃들의 이름을 가만히 불러보기도 하고
집으로 돌아가는 길에도 자꾸만 뒤를 돌아보지요.
그리고 늙은 엄마를 붙잡고 제법 시인 같은 말도 꺼내지요.
엄마, 내 가슴에도 꽃이 피어있는 것 같아요.
이런 최성일 씨를 두고
누가 정신지체아라고 할 수 있을까요.

경계에 서서 1

손바닥 위에 올려놓고 보면
돌멩이 하나 나뭇잎 한 장이 다르다.
누가 지나가다 말고 새겨놓았을까.
돌멩이 하나에도 바람의 무늬가 있다.
떨어진 나뭇잎을 물끄러미 보노라면
자연이 입혀 놓은 갈색 옷도 볼 수 있지만
그 안에 시간이 새겨놓은
죽음의 얼굴도 드리워져 있음을 알게 된다.
경계에 서면 모든 게 낯익고 낯설다.
콩 껍질이, 연꽃무늬가 이렇게 생겼구나 하고
새삼 감탄을 하게 된다.
제 스스로 수많은 길을 내고 있었다는 생각.
제 스스로 또 하나의 우주를 만들고 있었다는 생각.
하지만 식물의 나라에선 그 어디에도
총부리를 겨누거나
철조망을 두는 짓 따윈 하지 않는다.

경계에 서서 2

아무리 죽느니 사느니 해도 넘지 못할 경계란 없다.
이별은 초원 사막에서 모래사막으로 건너가듯 낯설었다.
화장을 지운 누이가 거울 앞에서 낯선 모습으로 앉아있듯이
난 이제 혼자서 낯선 세상을 헤쳐가야 한다.
죽을 때까지 견뎌야 하리라.
풍장의 흔적으로 사라질 때까지.
이승과 저승의 경계에선 곡만 있는 게 아니라
슬그머니 등을 미는 바람도 있을 터.
다음 세상에선 따사로운 햇살을 받고 사느니
그늘에 엎드려 마음 조아리며 살겠다.
그때면 언젠가 한 번은 네가 바람으로 스쳐 가거나
전생에서 보았던 꽃만큼이나 낯익은 모습으로
내 곁에서 살그머니 피어날지도 모르는 일.

별

그러니 더는 빛을 보내지 말아줘.
난 네가 둥둥 떠다니는 꽃이었음 해.
나비처럼 꽃 날개를 펴거니 접거니 하면서
끝없이 펼쳐질 우주에서 그저
꿈꾸듯이 떠다녔음 해.

난 전생生을 걸고 달려오는 네가 두려워.
나 여기 있다고,
한 번만 바라봐 달라고
제 몸에 확 불 싸지르는 네가 너무도 두려워.

한 사람만을 위해 어찌
수십억 년을 달려올 수 있니.
천길만길 달려와 어찌
허공에 그어놓은 빛으로 사르륵
사 그 라 질 수 있니.

그냥 혼자서 환하게 꽃 피어줘.
그리하여 꽃처럼 꿈처럼 떠다니는
별이 되길 바라.

사막의 장난감

구름이 없다면 세상은 얼마나 심심할까
하늘이 뭉게구름을 뭉게뭉게 피워 놓으면
목젖이 타들어 가는 낙타에게 그것은
갖고 놀기 딱 좋은 물풍선이 되고,
일탈을 꿈꾸는 양들에겐
자꾸만 치받고 싶은 샌드백,
배고픈 늑대에겐 한입 깨물어 먹고 싶은
말랑말랑한 토끼 뒷다리가 된다
구름이 없다면 하늘은 또 얼마나 심심할까
초원 사막 한복판에 줄줄이 앉아
세월아 네월아 누런 똥 싸고 있는 계집애들은
누가 있어 놀래줄 것인가
하늘이 하도나 심심해서 먹구름이라도 만들어
비 몇 방울 갑자기 뿌려주어야만
천하태평인 저 계집애들이 에구머니나 하고
엉덩이를 추켜올릴 텐데

늙은 토끼

사람들은 왜 달을 보면 소원을 비는 걸까
달나라에 사는 서기가 눈이 침침해
구름만 좀 끼어도 보지 못하는걸

파리 떼가 다닥다닥 달라붙어도
손가락만 쪽쪽 빨고 있는
저 다섯 살짜리 검은 소녀의
머루알같이 까만 눈망울을
누가 있어 보아줄꼬

달이 구만리장천을 홀홀히 날아가
구석구석 부서진들 무엇하랴
오늘도 파리한 아이들이
그 달빛 부스러기를 끌어안고
새우처럼 웅크리며 자고 있을 뿐인데

사람들은 왜 달을 보면 소원을 비는 걸까
서기가 된 늙은 토끼가 가는귀까지 먹어
아무리 중얼거려도 받아 적지 못하는걸

엄마가 없는 집

세상에서 제일 무서운 건
천둥도 번개도 삼신할매도 아니더라.
엄마가 없어 터엉 빈 집,
도깨비 소굴보다 무서운 집이더라.
순사에게 끌려간 과일 행상 울 엄마
철창에 갇혀서도
리어카에 놓고 온 사과 걱정할 적에
우린 찬밥 한 덩어리 굳어가듯 앉은 채로
꼴딱 날을 샐 수밖에 없었어라.
별들도 오래오래
창가를 서성일 수밖에 없었어라.

사랑

사람이 위대한 건
사랑이라는 등불을 발명해서다
이 세상
어떤 빛이
그보다 환할 수 있겠는가
사랑이 꺼지면
나도
세상도
암흑천지가 된다

그러니 그대여
젊어선 젊어서 사랑을 하고
늙어선 늙어서 사랑을 하자
살아있어서
살아있어서
우리 죽도록 사랑을 하자

그대 앞에서 춤을

세상에
이런 은유가 있었다니!
그리워서,
사무치게 그리워서
펄펄펄 살아나는
이 마음이
춤이었다니!
천 갈래 만 갈래로 나뉘어져
막무가내로 소용돌이치는
이 애타는 몸이
춤이었다니!
너를 가득 채운 내 가슴은
오늘도 출렁출렁,

해 설

자재연원의 시
—오봉옥의 시집 『셋!』의 숨은 뜻

임우기(문학평론가)

1.

시인 오봉옥은 1988년 첫 시집 『지리산 갈대꽃』을 상자하면서 「후기」에 이런 인상 깊은 말을 남기고 있다.

"우리네 아버지라 하면 우선 이런 생각이 납니다. 바지게에 나무 한 짐 휘영청 지고 바알간 석양을 뒤로한 채 푸른 들에서 소를 몰고 끈덕끈덕 돌아오는 흰옷 입은 사람 말입니다. 그런데 이러한 모습이 그냥 온화한 모습이거나 한의 모습으로만 비쳐지지는 않습니다. **왠지 푸른 들과 흰옷이, 누런 소와 바알간 석양이 대치되는 듯 일치하고 일치되는 듯 대치하는 것이 그냥 그런 모습으로만 끝나게 하질 않습**

니다. 오히려 자극적이면서 무언가 도사리는 무엇으로 남게 합니다. …(중략)… 푸른 들 가운데 흰옷이 날리고 붉은 석양을 받은 누런 소가 마치 성난 소의 모습을 안으로 도사리고 있는 듯이 보이는 것은, 자연과 세상만사를 극복하려는 인간의 동력 그 자체를 나타나게 합니다.

우리 역사에 핏빛 붉은 깃발로 몸부림치는 우리네 아버지들의 모습은 그런 것일 거라는 생각이 들었습니다. 나는 **나의 시가 그런 아버지들과 서고 그런 아버지들과 울고 웃는 것이어야 하며 끝내는 그런 아버지가 되어야 한다고 생각해 봅니다.**"(강조 해설자)

시인이 자기 시론의 고갱이를 짧게나마 피력한 것으로 볼 수 있는 이 「후기」는 그 당시 셀 수 없이 쏟아져 나오던 계급투쟁적 전망을 앞세운 노동시인 또는 민중시인들의 문학적 주장에 비한다면, 무척 순박하고도 거짓 없이 맑은 시 의식을 느끼게 한다. 이 시에 대한 짤막한 언급은, 그대로 시인 오봉옥 자신의 출생과 성장 속에서 나왔음을 충분히 헤아릴 수 있다. 시인 자신이 태어난 시골의 일상생활과 환경, 그리고 자연과 마을이 하나로 이어진 순박한 인심이 고스란히 묻어나고 있는데, 특히 시인의 기억 속에 늘 일하는 아버지의 존재는 시인의 시 의식에 어떤 역동적인 계기를 불러오는 듯하다. 시인에게 그런 아버지는 세상에서 소외된 일꾼으로만 비치는 게 아니라, 일과 땅과 하늘과 서로 하나로 이어진 심상의 중심에 서 계시며, 시인으로 하여금 "왠지 푸른

들과 흰옷이, 누런 소와 바알간 석양이 대치되는 듯이 일치하고 일치하는 듯 대치하는 것이 그냥 그런 모습으로만 끝나게 하질 않습니다. 오히려 자극적이면서 무언가 도사리는 무엇으로 남게 합니다" 하고 말하게 한다.

혹자는 1980년대 반민중 군사 독재 시절에 민족해방운동의 전위로서 빨치산 항쟁을 서사시로 쓴 시인과, 시의 겉과 속에 있어서, 2000년대를 전후하여 전개된 민중해방사상운동과는 사뭇 성질이 다른 개인화된 시 혹은 자기 성찰적 심리心理의 시를 쓰는 오봉옥 시의 변화에 대해 당혹감과 함께 반문을 가질 수도 있겠다 싶다. 이 반문에 대한 답변은, 사실 인용한 첫 시집 「후기」의 내용이 드리운 그늘 속에 이미 들어있다.

그럼에도 오봉옥의 오랜 시력 속에는, 시학적으로 갈등을 일으키는 모순이 없다 할 수 없다. 하지만 시인 내면의 첨예한 모순 관계는 적대적 대립 관계가 아니라 역동적인 공존 관계이기 때문에 부정적인 것이 아니라 긍정적인 것이다.

지난 시대의 한국 시사에서 주요한 흐름이었던 이른바 '민중시' 계통은 이제 명맥을 겨우 유지하고 있는 듯하다. 민중시라 하면 으레 계급적 적대 의식에 따른 비분강개, 현실에 걸맞지 않는 민중 의식과 나이브한 전망, 개성이 사라진 시의식 따위의 해묵은 통념을 떨쳐 내기 어렵다. 통념의 민중시에 익숙해진 여러 원인이 있겠으나, 그 가운데 민중적 이념의 일방적인 지도와 소위 진보 문학 진영의 구태의연, 더

구나 진보 성향의 시인들조차 강단의 제도 교육을 무비판적으로 추종해 온 저간의 사정 등이 복합적으로 작용한 탓일 것이다. 민중시는 따로 존재하는 시인가. 근본적으로 모든 시는 오직 저 스스로 고유한 시, 곧 '그 시인의 시'일 뿐이다. '민중시'라고 한들 어찌 '시'로부터 분리할 수 있는가.

이번에 출간되는 오봉옥의 시집 『섯!』은 그러니까 시인의 30여 년간의 시력에 아로새겨진 민중시의 통념에 갈등·저항·모순하면서도 하나로 합일을 이루어낸 치열한 고투의 산물이다. 이 시집이 품고 있는 시인됨의 고뇌와 편력을 가늠하는 것은 오봉옥 시인의 삶의 이력과 시의 변화를 이해하는 일이 될 터이다.

2.

이번 시집은 시인의 존재론과 세계관에 있어서 이전보다 더욱 심화된 의식을 담고 있다. 아래의 짧은 시 두 편을 보자.

(1)
시인은 죽어서 나비가 된다 하니 난 죽어서도 그 꽃을 찾아가려다

—「그 꽃」 전문

(2)

깎아지른 절벽 틈새 둥지에서 막 알을 깨고 나온 새 한
마리 허공을 걷기 위하여 본능적으로 입을 벌리고 날개를
곰지락거린다

저 하늘, 내일은 네 것이다

— 「희망」 전문

시 「그 꽃」은 우선 시인의 존재론으로 읽힌다. 촌철살인
으로 쓴 한 줄짜리, 이 시가 말하고자 하는 것은, 시인에게
시인의 존재가 '불러들여지는' 시간은 자기 내면에서 천진난
만하게 꽃이 피어날 때라는 것이다. '그 꽃'에서 지시어 '그'
는 무수한 꽃들 가운데 단 하나의 고유한 존재로서의 꽃을
가리킨다. 이번 시집의 심층에서 시인의 세계관적 변화가
뚜렷하게 나타나는데, 그 변화는 모든 존재의 고유성에 대
한 자각과 연관이 있다. 존재의 고유성을 인정하게 되었다
는 것은 모든 이질적 존재들 간의 "경계에 서서" 뭇 존재들
을 이해한다는 뜻이다.(「경계에 서서 1」) '경계에 선다'는 것은
어떻게든 이질적인 것들을 포용하겠다는 말이다.

한편, '그 꽃'은 자기만의 고유성이 발화發花하는 그 순간
의 실존을 가리키기도 한다. 자기만의 고유성을 지닌 실존
하는 꽃이기에 '그 꽃'은 이성적으로 인식되는 것이 아니라
초월적이고 초자연적 직관으로 감지된다. 그러하기에 "시
인은 죽어서 나비가 된다 하니 난 죽어서도 그 꽃을 찾아가
련다"라는 초자연적인 직관으로 포착된 한 문장의 시편이

탄생하게 된다.

주목할 것은 '죽어서도 나비가 되어 그 꽃을 찾아가련다'
는 시인의 생각과 의지는 현실적인 삶과 죽음의 '경계에 선'
존재론에서 비롯된다는 점이다. 죽음과 삶이라는 이질적
두 범주는 모순적인 관계이지만, 그 모순은 앞서 말했듯이,
둘 사이의 '경계에 설' 때, 모순을 넘어설 수 있다.

> **아무리 죽느니 사느니 해도 넘지 못할 경계란 없다**
> 이별은 초원 사막에서 모래사막으로 건너가듯 **낯설었다.**
> 화장을 지운 누이가 거울 앞에서 **낯선** 모습으로 앉아있듯이
> 난 이제 혼자서 **낯선** 세상을 헤쳐가야 한다
> …(중략)…
> **이승과 저승의 경계에선 곡만 있는 게 아니라**
> **슬그머니 등을 미는 바람도 있을 터.**
> 다음 세상에선 따사로운 햇살을 받고 사느니
> 그늘에 엎드려 마음 조아리며 살겠다.
> 그때면 언젠가 한 번은 네가 바람으로 스쳐 가거나
> 전생에서 보았던 꽃만큼이나 **낯익은** 모습으로
> 내 곁에서 살그머니 피어날지도 모르는 일.
> ─「경계에 서서 2」(강조 필자)

일견, 이 시는 죽음을 가까이에 두고서 시적 화자가 들려
주는 일종의 넋두리이다. 죽음 앞에 선 이의 우울과 체념과
함께 죽음을 관조하고자 하는 담담한 심경이 얼비친다. 그
러나 이 시의 심연에는 시인의 더 깊어진 세계관과 더 단단

해진 존재론적 신념이 자리한다. 그것은 우선 죽음과 삶의 경계뿐만이 아니라 모든 존재들을 분리하고 분단하는 그 어떤 경계도 '넘지 못할 것이 없다'라는 세계에 대한 시적 인식과 확신으로서 드러난다. 시인은 단언하듯이 쓴다, "아무리 죽느니 사느니 해도 넘지 못할 경계란 없다"라고!

그렇다면, 죽음과 삶의 경계조차 넘지 못할 것이 없다는 세계 인식은 과연 어디에서 나오는 건가.

죽음과 삶은 이질적이고 모순적이지만 그것은 서로 배타적이거나 이율배반적인 것이 아니다. 시인은 존재의 내적 이질성 혹은 모순성을 인정하고 긍정한다. 이는 존재의 이질적인 것들 사이의 모든 "경계에 서서" 존재를 이해한다는 것이다. 이질적이거나 모순적인 존재성들을 그들 간의 "경계에 서서" 이해한다는 것은, 이질성들을 서로 교류하고 소통하는 역동적인 관계망 속에서 이해한다는 것이다. 고립된 존재에겐 경계가 없고, 존재의 생명력이 제대로 발휘될 수 없다. 오직 이질성 간의 모순과 갈등을 품고 있는 존재에게 경계가 주어지고 그 경계에 설 때 소통과 교류의 길이 열릴 수 있다.

그런데 그 경계의 길은 '낯선' 시간 속으로 난 길이다. 시인은 "이별은 초원 사막에서 모래사막으로 건너가듯 **낯설었다**./ 화장을 지운 누이가 거울 앞에서 **낯선** 모습으로 앉아 있듯이/ 난 이제 혼자서 **낯선** 세상을 헤쳐가야 한다"(강조 필자)라고 쓴다. '낯섦'은 '나'의 존재가 세계내적世界內的 실존實存을 경험하고 자각함을 의미한다.

그렇듯, "경계에 선다는" 것은 존재가 자신을 스스로 실존으로 전환할 수 있는 능동적이고 자발적인 능력을 자각한다는 것이다. 시인이 자신을 경계에 선 존재로서 각성한다는 것은 생명계의 근본적 역동성으로서 이질성과 모순성을 자기 안에 품는다는 뜻이다. 그래서, "제 스스로 수많은 길을 내고 있었다는 생각/ 제 스스로 또 하나의 우주를 만들고 있었다는 생각"이라는 깊은 존재론적 깨달음의 시구가 나오게 된 것이다.(『경계에 서서 1』) 그러하니 모든 존재는 자기만의 이질성으로서의 고유성을 인정받아야 하고, 자기 존재의 고유성은 존재의 '무궁무진한 근원성' 속에서 존중되어야 한다. 존재의 고유한 자기 연원淵源이 인정되고 긍정되는 순간, 마침내 '그 꽃'이 피듯이 자기의 실존의 시간이 생기生起하는 것이다.

시인 안에서 첨예하게 들끓는 모순은 고유한 존재의 시를 예감케 한다. 시인의 내면에서 상충하며 들끓는 모든 모순과 갈등 관계를 치열하게 가로지르며 하나로 통일을 이루는 순간에, 자재연원의 시 혹은 대자유의 시는 '그 꽃'처럼 태어난다. 자재연원의 시 정신은 기존의 시학을 거부하는 것이 아니라 오히려 이질성과 모순성으로 가득한 내면의 의식들을 하나로 회통會通시킨다. 이 말은 모순을 내포하지만 바로 시인 내면의 모순이기에 역동적 가능성의 시학을 낳을 수 있다는 것이다. 자재연원의 시 정신을 깊이 성찰한 시인이라면, 그 이질적 모순적 시학들조차도 서로 조화 회통시키는 고군분투를 기꺼이 떠맡는 것이다. 이렇게 보면, 기존 시학을 거부하고 자기 존재에서 연원하는 큰 자유의 시 정신을 드러내며 일상 언어와 시적 언어의 경계와 차별을 지우고 있는 오봉옥 시인의 도전적 시 정신이야말로 시집 『섯!』이 보여 주는 진면목이라 할 것이다.

아마도 이 시학적 도전이 이 시집 속 시의 형식과 내용에서 쾌활한 기운이 느껴지는 소이연일 것이다. 쾌활한 자유의 시 정신을 드러내듯, 단마디 말 '섯!'으로 시집 제목을 삼은 시인의 속내도 같은 맥락에서 이해될 수 있을 것이다. 시 「섯!」의 창작 연원은 시인(시적 화자)의 개인적 경험일 것이다. 자재연원하는 활달한 시 정신에 의해, 시적 자아의 어두운 기억 속에 남아있던 '섯!'이라는 억압과 금지의 말은 오히려 자유분방한 해방의 언어로 바뀐다. 중의적 뜻을 지닌 '섯!'이란 말의 이질성이나 모순성이 새로운 역동적 존재성으로 바뀌게 된 것이다. 다시 말해 생사의 경계조차 넘어서는 자기의 고유한 존재에 대한 근원적 성찰이 쾌활한 시적 상상력을 불러일으킨 것이다.

위에 인용한 두 번째 시 「희망」은, 시인 오봉옥의 존재론과 상통하는 동학의 존재론을 떠올리게 한다. 우리 민족의 큰 스승 해월 최시형 선생은 다음과 같이 설하였다.

우리 사람이 태어난 것은 한울님의 영기를 모시고 태어난 것이요, 우리 사람이 사는 것도 또한 한울님의 영기를 모시고 사는 것이니, 어찌 반드시 사람만이 홀로 한울님을 모셨다 이르리오. 천지만물이 다 한울님을 모시지 않은 것이 없느니라. 저 새소리도 또한 시천주의 소리니라(彼鳥聲 亦 是 侍天主之聲也).

　우리 도의 뜻은 한울로써 한울을 먹고(以天食天)─한울로써 한울을 화(以天化天)할 뿐이니라. 만물이 낳고 나는 것은 이 마음과 이 기운을 받은 뒤에라야 그 생성을 얻나니, 우주 만물이 모두 한 기운과 한 마음으로 꿰뚫어졌느니라.[*]

인간 존재란 우주 만물이 생성 변화하는 과정 속에서 '한울님의 영기靈氣를 모시고 태어나 살아가는' 현존재이며, 인간과 마찬가지로 모든 동식물 그리고 무생물에 이르는 일체 만물이 '한울님의 영기를 모시고' '한 기운과 한 마음으로 꿰뚫어져 있다'는 말씀이다. 이러한 시천주侍天主 사상을 떠올리게 하는 시가 인용한 시「희망」이다. 이 시는 "천지만물이 다 한울님을 모시지 않은 것이 없느니라. 저 새소리도 또한 시천주의 소리니라"라는 해월 선생의 말씀을 그대로 잇고 있으니, 인용한 첫 시「그 꽃」과 속 깊은 짝을 이룬다. 위태로운 절벽 틈새에서 알을 막 깨고 나온 새끼 새 한 마리에게 건네는 "저 하늘, 내일은 네 것이다"라는 말은 시천주의 존재론에 방불한 것이다.

　간단히 말해, 시천주의 존재론은 만물은 각각 저마다 하늘(한울님)의 성품을 타고난다는 것이다. "만물은 한울의 성

* 『천도교 경전』, 294~298쪽.

품을 지니고 있으나 날짐승도 각각 그 종류가 있고 털벌레도 각각 그 목숨이 있으니 그 만물을 공경하라"(해월, 「대인접물待人接物」)는 것이다. 한낱 미물들도 아끼고 사랑하는 마음은 천진한 어린아이의 마음이고, 어린아이의 마음은 다름 아닌 한울님의 마음이다. 시인은 아이의 천진난만이 시인의 존재의 근원이라 믿는다. 위에서, "시인은 죽어서 나비가 된다 하니 난 죽어서도 그 꽃을 찾아가련다"라는 시인의 마음도 천진난만함 그대로이다. 천진난만한 시적 존재를 추구하는 시인은 '나'가 '너'를 규정하는 것을 삼가며, '너'가 '나'를 규정하는 것도 피한다. 각자 자기 존재의 연원을 깨닫되 너에게로 옮기지 않는 것이다(各知不移). 그것이 자재연원의 뜻이며 진정한 자유의 조건이다.

이제부터는 나를 자유라 부르기로 했다
뉘 집 딸이라는 말
누구의 엄마라는 말
누구의 아내라는 말
목숨보다 질긴 그런 말들 다 버리고
이제부터는 나를 나라고 부르기로 했다

그동안 난 여자라는 섬뜩한 운명에 갇혀
수족관 물고기처럼 살아왔다
내 할머니는 물 밖 세상이
있는지도 모르고 살다가 죽었다
…(중략)…

난 오늘부터 수면을 박차고 하늘을 향해
뛰어오르는 물고기가 되기로 했다
모천母川으로 회귀하는 연어가 죽음을 각오하듯
모천母天으로 돌아가기 위해 나를 던져
번개처럼, 천둥처럼 세상을 한번
흔들어보기로 했다

너는 너
나는 나

—「나는 나」부분

'너는 너/ 나는 나'일 때, "이제부터는 나를 자유라 부르기로 했다"는 '나'의 존재 선언이 가능하다. 이때 '자유自由'의 뜻은 개인주의적 자유를 뜻하지 않는다. 이 시에서의 자유는 시천주의 자유이다. 무궁무진한 생명의 울안을 자각한 자유. 그래서 자기의 고유한 존재를 잃어버리게 만드는 "뉘 집 딸이라는 말/ 누구의 엄마라는 말/ 누구의 아내라는 말" 따위 사회적 혹은 인위적 수식어를 벗겨 내 떨친다. 이는 사회적 교환 관계로서의 말에서 벗어나 자기의 근원적 생명력으로서의 말에로의 눈뜸을 가리킨다.

시천주의 존재에게 어울리는 자유이기에, "난 오늘부터 수면을 박차고 하늘을 향해/ 뛰어오르는 물고기가 되기로 했다/ 모천母川으로 회귀하는 연어가 죽음을 각오하듯/ 모천母天으로 돌아가기 위해 나를 던져/ 번개처럼, 천둥처럼 세상을 한번/ 흔들어보기로 했다"라는 '나'의 연원으로 '돌아가는' 근원적 생명력을 품은 자유를 갈구하고 마침내 자유를 맘껏 구가하게 되는 것이다. 이 시구에서 시인이 자기 연원으로 돌아가려는 존재론적 열망인 "모천으로 회귀하는 연어가 죽음을 각오하듯" "모천으로 돌아가기 위해 나를 던져" 같은 시구는, 시천주의 존재론과 짝을 이룬 자재연원自在淵源*의 시적 존재를 열렬히 추구하는 것으로 해석될 수 있다. 이 자재연원의 열망이 오봉옥의 이번 시집이 지닌 존재론적 변화의 의미심장함이요 이전과는 다른 새로운 시학적 표징이 되고 있는 것이다.

3.

시인의 존재론은 시집 『섯!』 곳곳에서 자재연원의 활달한 자유의 시학을 펼쳐 보인다. 그런데 자기 존재에서 연원하는 자유의 시 정신이란 과연 어떤 마음 상태를 말함인가. 시인이라는 존재의 진실한 근원은 천진난만한 아이의 마음이라는 사실을 시인 오봉옥은 이내 깨닫는다. 이번 시집은 겉으로든 속으로든 전체적으로 시인됨의 연원 혹은 유래로서의 '아이'의 마음을 궁구하는 데에 바쳐진 듯하다.

* 동학사상에 따르면, 자재연원의 뜻은 '도道를 자기 바깥에 멀리서 구하지 말 것이며, 자기 자신에게서 구하라'는 것. 자재연원의 주체는 시천주의 주체, 곧 생명의 근원인 도(道, 天, 한울)를 저마다 모신 개별자적 주체로서, "그 도를 알아서 그 지혜를 받는(各知)" 체體가 동학에서의 주체이다. 자기동일성으로의 환원이 아니라 무궁한 한울님(道)과 함께 생성 변화하는 일기一氣의 근원으로 동귀일체同歸一體하는 것이 자재연원의 뜻이다.

일곱 살짜리 계집아이가 허리 꺾인 꽃을 보고는

냉큼 돌아서 집으로 달려가더니

밴드 하나를 치켜들고 와 허리를 감습니다

순간 눈부신 꽃밭이 펼쳐집니다

오늘 난 두 아이에게서 배웁니다

우리는 모두 누군가의 등불이 될 수 있다는 걸

—「등불」 부분

시인은 '아이'의 순수한 마음이야말로 시의 연원을 이룸을 자각한다. 인용한 시 「등불」은 어린아이의 순수한 마음이야말로 모름지기 시의 원천이요 시인의 선한 능력임을 힘주어 말한다. "난 두 아이에게서 배웁니다/ 우리는 모두 누군가의 등불이 될 수 있다는 걸" 두 아이의 선하고 맑은 마음을 보고서 시를 쓰니, 시심은 동심을 원천으로 삼는 것이다. 이때 시는 비로소 시대의 어둠을 밝히고 '우리'가 새 세상으로 나아가는 '등불'이 될 수 있다.

시 「소리를 본다는 것」은 이러한 시인의 존재론적 조건으로서 '아이'의 마음에 대하여 초월적인 사유를 드러낸다. 여기서 '소리를 본다는 것'은 '관음觀音'의 시적 알레고리라고 할 수 있을 텐데, 그 시적 알레고리가 의미심장한 까닭은 '소리를 본다는' 신이한 능력이 어린아이같이 선하고 순수한 맘을 통해서나 가능하다는 믿음이다.

풀꽃 한 송이도 피어날 때 소리를 낸다

그건 어른들만 모르는 일일 뿐

　　다섯 살 아이의 눈에도 보이는 일이다

　　　　　　　　　　　　―「소리를 본다는 것」 전문

　이 시가 말하고자 하는 뜻은 간단하면서도 심원하다. 다섯 살 아이의 눈에도 풀꽃 한 송이 피어날 때 내는 소리가 '보인다'는 것! 이때 풀꽃이 피어나는 소리는 이미 물리적이고 감각적인 소리 너머에 존재하는 마음의 소리요, 텅 빈 채 신령神靈만이 들고 나는 마음으로 들을 수 있는 어떤 초월적이고 신기한 소리이다. 다섯 살 아이는 그러한 초월적이고 신기한 소리를 '본다'는 것이고 시인은 그 아이의 눈은 '소리를 본다는 것'을 깨닫는다. 그러니 세상살이를 만물의 존재를 가능하게 하는 지극한 기운(至氣)으로서 감지하거나 지각할 수 있는 이가 시인인 것이다. 중요한 것은 그 지기의 뭇 생명을 접할 수 있는 시인의 능력은 "시인은 죽어서 나비가 된다 하니 난 죽어서도 그 꽃을 찾아가련다"(「나비」 전문)라는, 그 천진난만한 기운에서 나온다는 사실이다.

　이 천진난만한 마음이 소리를 본다는 것, 곧 '관음觀音'의 시어들이 이번 시집 전체에 두루 감추어져 있다. 그중에서도 오봉옥의 시학을 엿보게 하는 작품인 「시詩」는 시인의 '소리를 보는 시심詩心'을 심도 있게 이해할 수 있는 의미심장한 시편이다. 이 시를 낳게 한 계기는 시인이 모종의 심각한 병을 얻어 생사를 절박하게 넘나들던 어느 때인 듯하다. 그래서 이 시에서는 시인에게 닥친 절체절명의 시간이 시적 아이러니를 심오하게 심화시킨다. 그러니까, 시인은 죽음의 반어가 삶이요 동시에 삶의 반어가 죽음임을 깨닫게 된 어떤 절절한 경험 끝에서, 그 삶의 반어인 죽음 혹은 죽음의 반어인 삶조차 넘어섬으로써 마침내 만나게 된 초경험적이고 초월적인 '시적 존재'가 바로 이 시이다.

시인 오봉옥의 시 「시詩」는 득의得意의 시편으로 꼽을 만하다. 이 시에서, 시인은 자신의 깊은 체험에서 나온 신령한 시적 아이러니를 시 쓰기의 동인動因으로 삼고 있는데, 그 시적 아이러니는 삶과 죽음의 경계를 넘나들며 만나게 된 '천사'이다. 그 천사의 마음은 '낯선' 아이러니이지만 이 낯선 천사와의 만남을 통해 시인은 자신의 깊은 마음속에서 신기하고 맑은 연원을 자각하게 된다. 하지만 천사는 이내 사라지고 천사가 남긴 천진난만한 소리의 작용만이 뚜렷하다. 그러므로 여기서의 천사는 시인이 생사를 넘나들며 만난 '낯선 마음'의 비유일 것이다. 죽음을 넘어선 시인의 마음은 세속적 뜻 너머로 천연한 소리에 귀 기울이는 것이다. 소리를 보듯이(觀音), 가만히.
　이 시의 심연에서, 시적 화자와 천사와의 만남은 이 시가 감추고 있는 환각의 형식을 드러낸다. 그 환각은 일종의 혼의 부름이다. 생명이 엄중한 상황임에도 시인은 죽음의 불안 속에서도 시적 존재로서 '천사'를 밝게 '불러들임' 하는 것이다. 초혼招魂에서와는 달리 구체적인 '누구'를 '불러들임' 하는 게 아니다. '천사'를 '불러들임' 한다는 것은 '누구'가 아니라 천진한 마음을 '불러들임' 하는 것이다. 시인 오봉옥은 그 천심天心의 '불러들임'을 "사뿐"이란 시어로서 표현한다. 천사는 천심의 화신인 것이고, 시는 천진난만의 소리를 전하는 것이니, 이 시에서 세 번이나 반복되고 행을 바꿔가며 강조되고 있는 '사뿐, / 사뿐, / 사뿐'은 애써 힘들여 무엇을 도모하지 않고 하늘의 뜻에 가볍게 자기를 일치시키는 시인의 순결한 마음 상태를 보여 주는 것으로 해석될 수 있다.

어느 날
피투성이로 누워
가쁜 숨
몰아쉬고 있을 때

이름도 모를
한 천사가
제 몸을
헐어주겠다고 사뿐,

사뿐,

사뿐, 그 벌건 입속으로
걸어 들어온 뒤
다시 하늘로
총총
사라져간 것이었다

그 뒤 난

길에 침을 뱉거나

무단 횡단을 하다가도

우뚝우뚝

걸음을 멈추곤 하였는데

그건 순전히

내 안의 천사가

발목을 잡았기 때문이었다

　　　　　　　　　　　　　—「시詩」전문

　이 시의 이면에는 동화 형식이 어른거리기도 한데, "어느
날/ 피투성이로 누워/ 가쁜 숨/ 몰아쉬고 있을 때" "이름도
모를/ 한 천사가/ 제 몸을/ 헐어주겠다고 사뿐,/ 사뿐,/ 사
뿐, 그 벌건 입속으로/ 걸어 들어온 뒤/ 다시 하늘로/ 총총/
사라져간 것이었"지만, 그 천사가 사라진 후에도 "내 안의
천사"가 수시로 나의 "발목을 잡았다"라는 것. 동심童心이
동화의 형식을 시의 그림자로 남기는 것.

　이 시가 전하고자 하는 이야기의 요체는 시인이 사투를
벌이던 위중한 시간에 '천사'와의 만남이 이루어졌고, 천사
는 다시 하늘로 총총 사라져갔지만, 천사가 여전히 '내 발
목을 잡고 있다'는 것, 이는 여전히 시적 화자의 '내 안에 천
사'의 마음을 자각한다는 것으로 풀이될 수 있다. 그렇다고
하더라도, 이 시로 보건대, 존재론적 차원에서 말하면, 시

130

인은 '천사'의 '들림' 혹은 '씜'이라 할 만한 사태를 겪었다는 것은 분명하다.

중요한 점은 천사에 의해 들림 또는 씜을 경험했다는 사실이 아니라, 시인이 '들리'거나 '씜' '천사'는 천진난만한 마음 그 자체라는 사실이다. 그래서 시인은 자기 본래의 마음으로서 '아이'의 마음으로의 회귀를 수시로 체험하게 된 것이다. "사뿐, / 사뿐, / 사뿐"이라는 시어는, '천사'와 '가만히' '접신'하는 시심의 상태를 언표한다. 이 천연덕스런 동심에서 유래하는 천사와의 만남이 다름 아닌 "사뿐, / 사뿐, / 사뿐"이며, "총총" "우뚝우뚝" 같은 맑은 소리 말도 일맥상통한 시적 연원에서 나온 것이라 할 수 있다. 이는 앞에서 인용한 시 「소리를 본다는 것」의 시 정신의 연장이기도 하다.

4.

시 「詩」와 더불어 다소 특이한 형식의 시 「내 사랑이 그렇다」는 시인의 마음의 존재론과 그 시학의 심층을 드러낸다. 이 시가 특이한 것은 기억의 형식을 빌렸으되, 기억의 자기 한계를 보여 준다는 것인데, 지금 진행 중인 기억은 이미 사라진 시간들을 비연속적이고 모순적으로 불러들이면서도, 그 불러들인 시간들은 동일성으로 환원이 불가능한 비연속적 시간성들로서 현실의 삶 속으로 끊임없이 불러들여진다는 것. 끊기고 사라진 기억들은 현실 속으로 소환되고 재해석되지만, 기억은 생성, 소멸, 진화하는 생명계의 본래적 근원성인 자기모순성과 비연속성(不然)을 피할 수 없다는 것. 그러한 기억이 지닌 모순과 이율배반을 자기 동일성과 연속성(其然)으로 해소시키는 조화調和의 원리는, 이 시의 의식과 형식 속에 투영되어 있다. 그 조화의 원리는, 시인도 알게 모르게, 동학에서의 '아니다, 그렇다(不然其然)'의 논리학과 연관되어 있는 듯하다. 곧 시「내 사랑이 그렇다」는 '나'의 기억 속 망각에 의한 비연속적 시간성이 자기 부정성, 즉 '아니다'를 통과하기 위하여, 초경험적 초월적 시간성을 아우르고, 마침내 연속적 시간의 조화로운 삶의 현재를 깊이 사랑하는 경지, 즉 '내 사랑이 그렇다'에 이르는 과정을 보여 준다.*

시「내 사랑이 그렇다」의 창작 모티프는 옛사랑의 기억이다. 시는, 옛사랑의 기억을 통해 사랑의 이타적利他的 의미를 깨닫는 '나'의 사랑의 역정을 보여 준다. 그것은 '나'의 세

* 근원으로 회귀하는 동귀일체同歸一體의 존재론과 근원이라는 동일성으로 환원될 수 없이 저마다의 고유한 차이성을 존중하는 존재론은 서로 모순인 듯 이율배반인 듯 '근원적 하나'로써 서로 조화하고 합일되는 것이니, 이러한 도저한 대긍정의 마음 상태가 '자재연원하는 시 쓰기'의 본질이라 할 수 있다. 이러한 시적 인식론은 겉으로는 존재론적 모순을 지니고 있지만, 근원적 자연의 법도로 본다면, 아이의 마음을 지향하는 시적 존재론은 순수하고 선량한 역동적 능력으로서 자기모순성을 충분히 극복할 수 있다. 천진난만한 아이의 마음 상태를 하늘처럼 모시는 시천주의 존재론에서 볼 때, 시를 쓰는 순간은 시인 안에 숨어있는 자연과 같이 순수한 존재성과의 조화와 합일을 통해 현실과 이상 간에 가로놓인 모순과 이율배반을 해소하는 순간이라 할 수 있다.

속적 욕망을 다스리는 과정이기도 하다. 나의 욕망을 다스린다는 말은 현세적 삶의 긍정에 다다른다는 뜻이기도 하다. 그러므로 시 제목으로 쓰인 '내 사랑이 그렇다'는 사랑의 기억과 성찰을 통해 삶에 대한 겸허한 긍정을 비유하는 것이랄 수 있다(그렇다, 이 겸허한 긍정이 속된 마음을 아이의 순수한 마음으로 돌려놓는다!).

이 시에는 '나'의 청소년기에 경험한 첫사랑, '운동권'으로 수배받아 숨어 지내던 청년 시절의 연애 기억, 장년이 된 지금의 아내에 대한 연민 어린 사랑에 이르기까지 사랑의 기억들이 시간의 흐름을 따라 펼쳐진다. '나'는 청소년기에 경험한 첫사랑의 기억과 '운동권'이었던 "스물아홉, 숨어 지내던 시절"의 연애 기억을 떠올리고는, 그 옛사랑의 기억들 위에 이내, "새우처럼 구부리고 자는// 늙은 아내"의 모습을 겹쳐 놓는다. 시의 끝 연에 이르러서, "늙은 아내의 맨발이 섧다 무슨 가슴앓이를 하고 살았기에 밭고랑처럼 발바닥이 쩌억 쩍 갈라진 것이냐// 구멍 난 팬티를 아무렇지도 않게 입고 다니는 여자/ 늘어진 뱃살을 애써 감추며 배시시 웃는 여자"라거나, "살갗 좀 늘어진들 어떠랴 엄니 가슴팍처럼 쪼그라들고 늘어진 거기에 꽃무늬 벽지 같은 문신 하나 새기고 싶다// 나와 눈이 마주치지 않았더라면 더 높이 날아올랐을 텐데 …(중략)…// 가여운 그 여자 팔베개를 해주려 하니 고단한 숨을 몰아쉬면서도 내 팔 저릴까 가만히 밀어내고 있다"(3연) 같은 시구가 말해 주듯이, '나'는 아내에 대한 깊은 연민을 느끼고는 사랑의 의미와 가치를 성찰하게 된다. 그것은 '나'의 속세적 욕망에 대한 깊은 반성이요 삶의 의미에 대한 새로운 각성이다.

하지만 이러한 서사적 의미 해석을 벗어나 시를 다시 읽을 필요가 있다. 그것은 기억의 본질에 관련한 것이다. 이 시의 이면을 살피면, 시인 특유의 시적 사유가 지닌 의미심장한 깊이를 마주하게 되는데, 그것은 기억의 영역과 망각의 영역이 서로 대구對句 형식처럼 반복되는 이 시의 독특한 형식과 연관이 있다. 달리 말하면, 이 시는 경험된 기억과 비경험적 기억, 현실과 초현실을 함께 아우르는 독특한 '기억의 형식'을 취하고 있는 것이다.

모두 3연으로 이루어진 이 시에서 가령, "잘 보이니?" "어머 늦었네 돌아가자"거나, "스물아홉, 숨어 지내던 시절이었다" "보고싶어" "하루해가 어찌나 빨리 떨어지던지" "새우처럼 구부리고 자는" 같은 시구들은, '나'의 의식이 기억에서 건져 올린 경험들의 재현이라 할 수 있다. 하지만, 이들 경험적 기억의 시구들의 다음에 이어지는 시구들은 기억의 결락 혹은 망각의 직관적 재생에 따른 비경험적 초현실적 기억들이라고 말할 수 있다. 예를 들면, 이렇다.

어머, 늦었네 돌아가자

바다에도 길이 있어 거룻배 한 척 떠가듯이 하늘에도 따로 길이 있어 우린 구름을 타고 강남 간 제비처럼 잘도 돌아왔다

…(중략)…

하루해가 어찌나 빨리 떨어지던지

어둑발 내려 약속 하나 품고 돌아왔다 무엇이 궁금한 건
지 별들도 한참을 따라왔다 그날 난 그 약속을 그녀의 집
앞 허공 속에 감춰두었다

—「내 사랑이 그렇다」 부분

인용에서 보듯, 시인은 기억 속 경험적 사실과 감춰진 비
경험적−초경험적 기억 사이에 깊고 너른 행간을 가로놓는
다. 시 1~2연에서 경험적이고 의식적인 기억과 초경험적이
고 직관적인 기억은 그 사이에 깊은 행간을 가로놓은 채 반
복적으로 지속된다. 그 깊은 행간은 의식의 한계거나 기억
의 한계를 가리킨다. 위의 각 인용문에서 선행先行하는 시
구들인 "어머 늦었네 돌아가자" "하루해가 어찌나 빨리 떨
어지던지"는 '나'의 경험적 기억의 재현인 반면, 깊은 행간
을 사이에 두고 이어진 시구들인, "바다에도 길이 있어 거
룻배 한 척 떠가듯이 하늘에도 따로 길이 있어 우린 구름을
타고 강남 간 제비처럼 잘도 돌아왔다" "어둑발 내려 …(중
략)… 무엇이 궁금한 건지 별들도 한참을 따라왔다 그날 난
그 약속을 그녀의 집 앞 허공 속에 감춰두었다" 같은 시구
들은 '나'의 직관적 상상력 또는 초경험적 상상력에 의해 추
체험된 기억의 세계를 보여 준다. 그 초경험적 기억은 하
늘, 바다, 별, 구름 같은 자연에 대한 직관적 상상의 비유
로서 재생된다.

조금 다른 시각으로 보면, 경험적 기억의 재현은 '나'의 의식의 작용에 따르는 것이지만, 비경험적인 기억 또는 망각의 심연을 재생하는 것은 직관적 상상력에 따른다고 볼 수 있다. 그러므로 이 시 1~2연에서의, 경험적 기억과 직관적인 기억의 반복적 병치竝置 형식에서 알 수 있는 것은, 의식적인 기억 행위에는 기본적으로 의식 너머 혹은 무의식의 심연이 깊이 참여하고 활동한다는 것이다. 기억은 오히려 '나'의 경험적 시간의 결락과 망각 속에서, 즉 '나'의 기억 너머에서 기억 스스로가 기억하는 것이다. 기억은 자기 심연 혹은 망각의 작용으로 인하여 늘 새로운 것이다. 기억은 '나'의 의식을 초월하는 것이다. 그러니, 기억은 스스로 기억한다. 기억은 자기 연원을 가지고 스스로 활동하고 있다!

　기억할 수 없는 경험을 기억하는 직관적 상상력은 망각의 부활과 소생을 뜻한다. 그것은 무의식의 부활과 사라진 것들의 초현실적 소생을 뜻하는 것이기도 하다. 그러므로 직관적 상상력에 의한 기억 행위는 기억의 풍요로운 확장을 이룰 수 있다. 더욱이 옛사랑의 기억이 경험의 영역을 넘어서 비경험적 직관의 형식으로 기억된다는 것은 기억의 확장이 사랑의 확장, 달리 말해 삶에 대한 깊은 긍정의 정신으로 이어짐을 뜻하는 바일 것이다. 시인이 시의 제목으로 '내 사랑이 그렇다'라고 쓴 것은 아마 사랑을 통한 세속적 욕망의 다스림, 곧 사랑의 확장을 통한 삶에 대한 깊은 긍정의 표시일 것이다.